SACRAMENTO PUBLIC LIBRARY
828 "I" Street
Sacramento, CA 95814
12/16

Comentarios d…
La cas…
y La casa del árbol, MISIÓN MERLÍN®.

¡Gracias por escribir estos maravillosos libros! He aprendido mucho sobre historia y el mundo que me rodea. —Rosanna

La casa del árbol *marcó los últimos años de mi infancia. Con sus riesgosas aventuras y profunda amistad, Annie y Jack me enseñaron a tener valor y a luchar contra viento y marea, de principio a fin.*

D0972566

¡Las desc… s palabras para todo, salen … ¡La casa del árbol *es una colecció…* —Christina

Me gustan mucho tus libros. Me quedo despierto casi toda la noche leyéndolos. ¡Incluso los días que tengo clases! —Peter

¡Debo de haber leído veinticinco libros de tu colección! ¡Leo todas las aventuras de La casa del árbol *que encuentro!* —Jack

Jamás dejes de escribir. ¡¡Si ya no tienes más historias que contar, no te preocupes, te presto mis ideas!! —Kevin

¡Los padres, maestros y bibliotecarios también adoran los libros de La casa del árbol®!

En las reuniones de padres y maestros, La casa del árbol *es un tema recurrente. Los padres, sorprendidos, cuentan que, gracias a estos libros, sus hijos leen cada vez más en el hogar. Me complace saber que existe un material de lectura tan divertido e interesante para los estudiantes. Con esta colección, usted también ha logrado que los alumnos deseen saber más acerca de los lugares que Annie y Jack visitan en sus viajes. ¡Qué estímulo maravilloso para hacer un proyecto de investigación!* —Kris L.

Como bibliotecaria, he recibido a muchos estudiantes que buscan el próximo título de la colección La casa del árbol. *Otros han venido a buscar material de no ficción relacionado con el libro de* La casa del árbol *que han leído. Su mensaje para los niños es invalorable: los hermanos se llevan mejor y los niños y las niñas pasan más tiempo juntos.* —Lynne H.

A mi hija le costaba leer pero, de alguna manera, los libros de La casa del árbol *la estimularon para dedicarse más a la lectura. Ella siempre espera el nuevo número con gran ansiedad. A menudo la oímos decir entusiasmada: "En mi libro favorito de* La casa del árbol *leí que...".* —Jenny E.

Cada vez que tienen oportunidad, mis alumnos releen un libro de La casa del árbol *o contemplan los maravillosos dibujos que allí encuentran. Annie y Jack les han abierto la puerta al mundo de la literatura. Y sé que, para mis estudiantes, quedará abierta para siempre.* —Deborah H.

Dondequiera que vaya, mi hijo siempre lleva sus libros de La casa del árbol. *Jamás se aparta de su lectura, hasta terminarla. Este hábito ha hecho que le vaya mucho mejor en todas sus clases. Su tía le prometió que si él continúa con buenas notas, ella seguirá regalándole más libros de la colección.* —Rosalie R.

LA CASA DEL ÁRBOL® #29

MISIÓN MERLÍN

Navidad en Camelot

Mary Pope Osborne

Ilustrado por Sal Murdocca

Traducido por Marcela Brovelli

LECTORUM
PUBLICATIONS, INC.

This is a work of fiction. Names, characters, places, and incidents either are the product of the author's imagination or are used fictitiously. Any resemblance to actual persons, living or dead, events, or locales is entirely coincidental.

Spanish translation © 2016 by Lectorum Publications, Inc.
Originally published in English under the title
CHRISTMAS IN CAMELOT

Text copyright©2001 by Mary Pope Osborne
Illustrations copyright ©2001 by Sal Murdocca
This translation published by arrangement with Random House Children's Books, a division of Random House, Inc.

MAGIC TREE HOUSE®
Is a registered trademark of Mary Pope Osborne, used under license.

All rights reserved. No part of this book may be reproduced or transmitted in any form or by any means, electronic or mechanical, including photocopying, recording, or by any information storage or retrieval system, without permission in writing from the Publisher. For information regarding permission, contact Lectorum Publications, Inc., 205 Chubb Avenue, Lyndhurst, NJ 07071.

Cataloging-in-Publication Data has been applied for and may be obtained from the Library of Congress.

....

ISBN 978-1-63245-532-1
Printed in the U.S.A

Para Mallory Loehr,

la verdadera Guardiana del Caldero

ÍNDICE

Oh hermano, si hubieras conocido nuestro Camelot,
levantado por antiguos reyes, siglo tras siglo, tan viejo
que el mismo Rey temía que sucumbiera,
tan extraño, rico y sombrío…

Alfred Lord Tennyson
Idilios del Rey

Prólogo

Un día, en el bosque de Frog Creek, en Pensilvania, apareció una misteriosa casa en la copa de un árbol. Un niño llamado Jack y su hermana Annie, al trepar al interior de la casa, se encontraron con un montón de libros.

Muy pronto, los niños descubrieron que la casa estaba encantada. En ella podían viajar a cualquier lugar que apareciera en los libros. Lo único que tenían que hacer era señalar un dibujo y pedir el deseo de ir hacia allí. Annie y Jack advirtieron que, durante sus aventuras, el tiempo no pasaba en Frog Creek.

Y que la casa del árbol le pertenecía a Morgana le Fay, una hechicera de Camelot, el reino del rey Arturo. En una de sus aventuras, Annie y Jack visitan la biblioteca de Morgana en Camelot y le dan esperanza y coraje al rey Arturo.

Ahora es invierno. Hace muchos meses que Annie y Jack no ven a Morgana. Y tampoco la casa del árbol...

CAPÍTULO UNO

Invitación Real

El sol se había ocultado, se acercaba la noche. Las infladas nubes anunciaban una nevada.

—Démonos prisa —dijo Jack—. Tengo frío.

Él y Annie iban camino a su casa, de regreso de la escuela. Habían empezado las vacaciones de Navidad.

Cru-cru.

—Espera, Jack. Mira eso.

Annie señaló un pájaro blanco posado sobre la rama de un árbol, en la entrada del bosque. El ave los miraba fijo.

—Es una paloma —dijo Jack.

—La ha enviado Morgana —agregó Annie.

—No —insistió Jack, temeroso de ilusionarse. Hacía mucho tiempo que no veían a la hechicera. La extrañaba mucho.

—*Sí* —dijo Annie—. Morgana tiene una misión para nosotros. Tengo una corazonada.

En la quietud del crepúsculo helado, la paloma desplegó las alas y voló hacia el centro del bosque de Frog Creek.

—¡Apúrate, Jack! —dijo Annie—. ¡La casa del árbol ha regresado!

—¡Eso es puro deseo! —agregó Jack.

—¡Estoy *segura*! —afirmó Annie. Y corrió hacia el bosque, detrás de la paloma blanca.

—¡Oh, cielos! —exclamó Jack. Y se internó en el bosque, detrás de su hermana.

Aunque estaba cada vez más oscuro, avanzaron fácilmente. Ambos zigzaguearon entre los árboles desnudos y corrieron por el pasto congelado hasta que se toparon con el roble más alto del bosque.

—¿Lo ves? —insistió Annie, señalando la copa del árbol.

—Sí —susurró Jack.

La casa del árbol estaba allí.

—¡Morgana! —gritó Annie.

Jack, casi sin respirar, se quedó esperando a que la hechicera se asomara a la ventana. Pero ella nunca apareció.

Annie se agarró de la escalera colgante y empezó a subir. Jack la seguía un poco más abajo.

Cuando entraron en la pequeña casa del árbol, Jack vio algo que yacía sobre el piso. Era un pergamino, atado con una cinta roja de terciopelo.

Levantó el pergamino y lo desenrolló. Sobre el papel, grueso y amarillento, resplandecían unas letras enormes y doradas.

—¡Uau! —exclamó Annie—. Morgana nos dejó una nota muy elegante.

—Es una invitación —explicó Jack—. Veamos qué dice.

—*¡Navidad en Camelot!* —exclamó Annie—. ¡No puedo creerlo!

—¡Genial! —susurró Jack, imaginando un castillo bello y resplandeciente, alumbrado con velas, lleno de damas y caballeros cantando y celebrando.

—¡Iremos a festejar la Navidad con Morgana y el rey Arturo! —dijo Annie—. ¡Y con la reina Ginebra!

—¡Sí! —exclamó Jack—. ¡Y con los Caballeros de la Mesa Redonda, como Sir Lancelot!

—¡Vamos...! —dijo Annie—. ¿Dónde está el libro?

Ella y Jack revisaron la casa buscando un libro acerca de Camelot. Pero el único que encontraron fue el libro de Pensilvania, con el que siempre regresaban a su casa.

—Es extraño —comentó Jack—. Morgana no nos dejó el libro para viajar a Camelot. ¿Cómo haremos para llegar hasta allí?

—No lo sé —contestó Annie—. Tal vez se olvidó de hacerlo.

Jack levantó la invitación. Volvió a leerla y le dio la vuelta buscando más información. El reverso del pergamino estaba en blanco. Luego, se lo dio a Annie.

—Debe de haberse olvidado —agregó Jack.

—Cielos —exclamó Annie, mirando las letras doradas—. Ojalá pudiéramos ir a Camelot.

Las ramas de los árboles crujieron.

El viento empezó a soplar.

—¿Qué pasa? —preguntó Jack.

—No lo sé —contestó Annie.

—Espera un minuto... —comentó Jack—. Tú tenías la invitación en la mano y pediste un deseo...

El viento sopló con más fuerza.

—¡Fue por eso que funcionó la magia! —dijo Annie, entusiasmada.

De golpe, Jack se sintió feliz.

—¡Nos vamos a Camelot! —dijo.

La casa del árbol empezó a girar.

Más y más rápido cada vez.

Después, todo quedó en silencio.

Un silencio absoluto.

CAPÍTULO DOS

¿Estamos en Camelot?

Jack se estremeció. Con la tenue luz, podía ver el aire de su respiración.

Annie estaba mirando por la ventana.

—¿*Estamos* en Camelot? —preguntó.

La casa del árbol había aterrizado en un bosque de árboles altos y sin hojas. Bajo el cielo gris, se alzaba un enorme castillo en penumbras. A través de las ventanas, no se veía ninguna luz. No había banderas colgando de las torres pequeñas. Y en las torres más altas, el viento silbaba con un sonido triste y desolador.

—Parece abandonado —dijo Annie.

—Sí —agregó Jack—. Espero que hayamos venido al lugar correcto.

Sacó el lápiz y el cuaderno de la mochila. Quería describir el tenebroso castillo.

—Espera, allí hay alguien —dijo Annie.

Jack volvió a asomarse a la ventana.

Sobre el puente del castillo, había una mujer. Llevaba un vestido muy largo y un farol en la mano. Tenía el cabello blanco y alborotado por el viento.

—¡Morgana! —dijeron Annie y Jack, a la vez. Y rieron aliviados.

La hechicera se dirigió presurosa hacia la arboleda, atravesando un camino cubierto de escarcha.

—¿Annie? ¿Jack? ¿Son ustedes? —dijo Morgana.

—¡Por supuesto! ¿Quién iba a ser? —gritó Annie. Y comenzó a bajar por la escalera.

Jack metió el cuaderno en la mochila y bajó detrás de su hermana. El suelo estaba congelado. Jack y Annie corrieron hacia Morgana y la abrazaron.

—Estaba asomada a la ventana del palacio y, de pronto, vi una luz que brillaba entre los árboles —explicó Morgana—. ¿Qué están haciendo aquí?

—¿Pero tú no nos enviaste la casa del árbol? —preguntó Jack.

—¿Con una Invitación Real para pasar la Navidad en Camelot? —agregó Annie.

—¡No! —respondió Morgana alarmada.

—Pero la invitación estaba firmada con una letra M —comentó Jack.

—No comprendo... —dijo Morgana—. Este año no vamos a festejar la Navidad en Camelot.

—Ah, ¿no? —preguntó Jack.

—¿Por qué no? —agregó Annie.

El rostro de Morgana se llenó de tristeza.

—¿Recuerdan que ustedes visitaron mi biblioteca y le dieron esperanza y valor al rey Arturo para desafiar a su enemigo? —preguntó ella.

—Claro —contestó Jack.

—Bueno, el enemigo de Arturo era un hombre llamado Mordred —explicó Morgana—. Después de que ustedes se fueron, Arturo lo venció. Pero antes de eso, el Mago Negro de Mordred lanzó un hechizo que le robó a Camelot toda su alegría.

—¿Cómo? ¿Su *alegría*? —susurró Annie.

—Sí —respondió Morgana—. Hace meses que en Camelot no se oyen risas, ni música. Y tampoco hay festejos.

—Oh, no —exclamó Annie.

—¿Qué podemos hacer para ayudar? —preguntó Jack.

Morgana sonrió con tristeza.

—Creo que esta vez no podrán hacer nada —dijo—. Pero si Arturo los ve nuevamente, quizá su espíritu se anime. Vengan, entremos en el castillo.

La hechicera alzó el farol y avanzó hacia el puente colgante.

Annie y Jack iban detrás de ella, caminando rápidamente. El pasto congelado crujía bajo sus zapatos.

Ambos siguieron a Morgana por el puente y luego atravesaron una entrada muy alta. En el patio del castillo no había señales de vida.

—¿Dónde está todo el mundo? —le preguntó Annie a su hermano, en voz muy baja.

—No lo sé —susurró Jack, con deseos de tener un libro de Camelot. Al menos así, podría entender qué sucedía allí.

Morgana condujo a Annie y a Jack hacia un enorme pasaje con techo curvo que tenía dos puertas de madera. Se detuvo y los miró a los ojos.

—Me temo que esta noche *ningún* libro podrá ayudarte, Jack —comentó la hechicera.

Jack quedó boquiabierto. Morgana podía leerle los pensamientos.

—¿Por qué no? —preguntó Annie.

—En todas sus aventuras anteriores, ustedes visitaron lugares *reales* y períodos de la historia —explicó Morgana—. Pero Camelot es diferente.

—¿Qué quieres decir? —preguntó Jack.

—La historia de Camelot es una leyenda —dijo Morgana—. Una historia que al principio es verdadera. Pero, con el tiempo, la imaginación comienza a ser parte de ella. La gente sigue contando la historia, agregando partes nuevas imaginarias. Así es como se mantiene viva una leyenda.

—Esta noche, sumaremos *nuestra* parte —agregó Annie.

—Sí —dijo Morgana—. Y, por favor, se lo suplico… —A la luz del farol, la hechicera se veía completamente seria—. No dejen que la historia de Camelot se pierda para siempre. Ayúdennos a mantener nuestro reino con vida.

—¡Por supuesto! ¡Lo haremos! —afirmó Annie.

—Bien —agregó Morgana—. Síganme, entonces. Entremos en el salón principal y veamos al rey.

Morgana levantó el pasador de hierro y abrió las puertas enormes y pesadas. Annie y Jack entraron detrás de ella, en el sombrío castillo.

CAPÍTULO TRES

Los Caballeros de la Mesa Redonda

Un par de antorchas apenas iluminaban la entrada al gran salón del castillo. Sombras de distintas formas danzaban sobre los tapices gastados.

—Aguarden un momento —dijo Morgana—. Le avisaré al rey que han llegado.

La hechicera atravesó el largo pasaje de piedra que conducía al salón principal.

—Vayamos a echar un vistazo —dijo Annie.

Silenciosamente, fueron acercándose a la entrada del salón y miraron dentro.

El inmenso salón tenía piso de piedra y el techo era tan alto como el de una torre. Cerca de la

pared, el rey Arturo y sus caballeros estaban sentados a una mesa, enorme y redonda. Todos ellos vestían túnicas de color marrón. Tenían barba y el cabello enmarañado.

En el respaldo de las sillas, cada caballero tenía el nombre grabado en letras doradas.

—¡Los Caballeros de la Mesa Redonda! —susurró Jack.

Morgana estaba hablando con el rey Arturo. Junto a él, había una mujer vestida con una sencilla túnica de color gris. Tenía la piel muy pálida y el cabello castaño y rizado.

—La Reina Ginebra —susurró Annie.

Morgana se alejó del rey. De inmediato, Jack y su hermana volvieron a su sitio. Un momento después, apareció la hechicera.

—Le dije al rey que habían llegado dos amigos muy especiales —agregó—. Vengan conmigo.

Mientras los tres avanzaban por el salón, Jack empezó a tiritar. Había mucha humedad y corrientes de aire. La chimenea estaba apagada. El piso de piedra estaba tan helado, que el frío le entraba por los zapatos.

Los tres se detuvieron junto a la Mesa Redonda. El rey Arturo contempló a los dos niños con sus penetrantes ojos grises.

—Traemos saludos desde Frog Creek —les dijo Annie al rey y a la reina e hizo una reverencia, al igual que su hermano.

La reina sonrió, pero el rey Arturo no.

—Su Majestad, ¿recuerda a Annie y a Jack? —preguntó Morgana—. Usted los conoció el verano pasado en mi biblioteca.

—Así es, jamás los olvidaré —dijo el rey con voz suave—. Sean bienvenidos, Annie y Jack. ¿Qué hacen en Camelot en una noche tan cruda?

—Vinimos en la casa del árbol —contestó Annie.

Una sombra cruzó el rostro del rey y miró a Morgana.

—No, Su Majestad. No he utilizado mis poderes para traer a los niños —explicó la hechicera—. Tal vez aún queda algo de magia en la casa y por eso viajó sola.

"*¿Qué está pasando aquí?*", se preguntó Jack. "*¿Por qué el rey parece disgustado al hablar de la casa del árbol?*".

El rey Arturo miró a Annie y a Jack.

—Pero han podido llegar hasta aquí; así que sean bienvenidos a mi reino —dijo y miró a la reina.

—Ginebra, ellos son los dos amigos que me dieron esperanza y coraje cuando más lo necesitaba —La reina sonrió otra vez, pero en sus ojos había tristeza.

—He oído mucho hablar de ustedes —dijo.

—Permítanme presentarles a mis caballeros —agregó el rey Arturo—. Sir Bors, Sir Kay y Sir Tristram...

Annie y Jack saludaron tímidamente. Los caballeros les devolvieron el saludo. Jack esperaba escuchar el nombre de *Sir Lancelot*, el caballero más famoso. Pero el rey jamás lo nombró.

—Y... por último, Sir Bedivere y Sir Gawain —concluyó el Rey Arturo.

Luego, miró las tres sillas vacías.

—Y allí se sentaban tres caballeros que hemos perdido —explicó.

"¿Cómo que se perdieron?", pensó Jack.

—Annie, Jack, siéntense en las sillas vacías, acompáñennos en la cena —dijo el Rey Arturo.

—Muchas gracias —respondió Annie.

Mientras caminaba detrás de Morgana, alrededor de la mesa, Jack leyó los nombres grabados en los respaldos de las tres sillas vacías: SIR LANCELOT, SIR GALAHAD, SIR PERCIVAL.

Se quitó la mochila de la espalda y tomó el lugar de Sir Lancelot.

Se sentó bien erguido sobre la pesada silla de madera y miró al rey y a sus caballeros. Todos comían carne a mordiscones y bebían ruidosamente de sus copas. Ninguno de ellos mostraba deleite ni buenos modales.

Jack quería tomar nota de todo. Agarró la mochila que estaba debajo de la mesa y sacó el lápiz y el cuaderno. Pero antes de escribir una sola palabra, un niño trajo más comida. De inmediato, Jack guardó todo. El pequeño le sirvió un trozo de carne grasosa sobre un trozo de pan humedecido. La comida se veía asquerosa.

—¿Esto no se parece en nada a nuestra Navidad, no? —dijo Annie, en voz baja.

Jack coincidió con su hermana.

Annie se inclinó hacia Morgana y le susurró para que el rey no la oyera.

—¿Qué pasó con los tres caballeros que faltan? —preguntó.

—Cuando el Mago Negro de Mordred hechizó nuestro reino, Arturo buscó la ayuda de los magos de Camelot —explicó Morgana, en voz baja—. Ellos le dijeron que enviara a sus caballeros al Otro Mundo, en una misión para recuperar la alegría del reino.

—¿El Otro Mundo? ¿Dónde queda eso? —preguntó Jack.

—Es un lugar encantado, muy antiguo, y comienza justo donde termina la Tierra —explicó Morgana—. Allí nació la magia.

—Uau... —susurró Annie.

—Para la misión, el rey eligió a sus caballeros más valientes —dijo Morgana—. Pero como ellos no regresaron, Arturo dejó de confiar en sus magos. Culpó a la magia por todas las calamidades de su reino y la prohibió para siempre.

—Pero tú eres una hechicera —agregó Annie en voz baja—. ¿El rey también se puso en tu contra?

—Arturo y yo somos amigos desde hace mucho tiempo —explicó Morgana—. Él me permitió quedarme en el castillo pero, a cambio de eso, tuve que jurarle que jamás volvería a hacer magia.

De pronto, Jack se sintió aterrado.

—Entonces… ¿eso quiere decir que la casa del árbol está…?

—Sí, ha desaparecido de Camelot —respondió Morgana—. Y me temo que éste ha sido su último viaje y la última vez que nos veamos. —Los ojos de la hechicera se llenaron de lágrimas.

—¿Cómo? ¿No volveremos a vernos? *¿Nunca más?* —preguntó Annie.

Antes de que Morgana pudiera responder, las puertas de madera se abrieron de golpe. Una ráfaga de viento entró al salón. Las antorchas y las velas resplandecieron más que nunca. Las sombras se veían más grandes sobre la pared.

De repente, el golpe de los cascos de un caballo

llenó el lugar. Un caballero montado en su enorme corcel atravesó la entrada de techo curvo.

El caballero estaba vestido de rojo, desde el brillante yelmo, hasta la larga capa que le colgaba de la espalda. Su caballo iba de color verde, desde la armadura que le cubría la cabeza, hasta el lienzo que colgaba de la montura.

—¡Uau! —dijo Annie con un suspiro—. ¡Un caballero de Navidad!

CAPÍTULO CUATRO

¿Quién irá...?

—¡He venido a ver a Arturo, el rey! —proclamó el Caballero de Navidad. Su voz grave retumbó dentro del yelmo. Su armadura roja resplandecía a la luz de las antorchas.

El rey Arturo se puso de pie. Enfurecido, miró al caballero, pero habló con serenidad y firmeza.

—Yo soy Arturo, el rey —afirmó—. ¿Y tú quién eres?

El caballero no respondió.

—Así que tú eres el legendario rey Arturo, de Camelot —dijo, con voz burlona—. Y estos deben de ser los famosos Caballeros de la Mesa Redonda.

—Sí —contestó el rey—. Y, una vez más, te pregunto, ¿quién eres tú?

El Caballero de Navidad no respondió.

—El hechizo del Mago Negro ha despojado a Camelot de su alegría —comentó el caballero—. ¿Y también se ha llevado tu *valentía* y la de tus hombres?

—¿Cómo te atreves a cuestionar mi valentía? —preguntó el rey Arturo, en voz baja, pero muy enojado.

—¡CAMELOT ESTÁ MURIENDO! —gritó el caballero—. ¿Por qué nadie ha viajado al Otro Mundo para recuperar la alegría de este reino?

—He enviado a mis mejores caballeros —respondió el rey Arturo—. Pero jamás regresaron.

—¡ENTONCES ENVÍA MÁS CABALLEROS! —dijo el Caballero de Navidad, con voz de trueno.

—¡NO! —gritó el rey Arturo, golpeando la mesa con el puño—. ¡*Nunca más* dejaré que mis hombres sean devorados por la magia y los monstruos del Otro Mundo!

Jack sintió un escalofrío. "*¿Qué monstruos?*"

—Entonces, tu destino está marcado —dijo el Caballero de Navidad—. Si no envías a nadie más al Otro Mundo, lo que tu reino ganó con el tiempo: su luz, su música, su belleza y su encanto, todo lo que Camelot fue una vez y podría llegar a ser se perderá para siempre.

—¡No! —gritó Annie.

—¡Shhh, Annie! —exclamó Jack.

El Caballero de Navidad miró al resto de los caballeros.

—¿QUIÉN IRÁ A LA MISIÓN? —Su voz resonó en la habitación.

—*¡Nosotros!* —gritó Annie.

—¿Nosotros? —preguntó Jack.

—¡Sí! ¡Iremos nosotros! —dijo Annie, con voz estruendosa. Y se puso de pie de un salto.

—¡No! —gritó Morgana le Fay.

—¡Nunca! —dijo el rey Arturo.

—¡Annie! —exclamó Jack desde su silla, y agarró a su hermana de un brazo.

—¡SÍ! —exclamó el Caballero de Navidad. Y extendió la mano enfundada en el guante rojo, para señalar a Annie y a Jack. —Los más jóvenes de todos. Sí, irán estos dos jovencitos.

—¡Estás burlándote de nosotros! —gritó el rey Arturo.

—¡IRÁN ELLOS! —insistió el caballero. Sus palabras retumbaron en todo el salón.

"*¡Oh, no!*", pensó Jack.

—¡Sí! —dijo Annie. Agarró a Jack del brazo y lo llevó junto al Caballero de Navidad.

El rey Arturo miró a sus hombres.

—¡No lo permitan! —ordenó.

Algunos caballeros se pararon y corrieron hacia Jack y Annie. Desde su lugar, el Caballero de Navidad alzó la mano enfundada en su guante.

Al instante, en el salón se hizo un silencio sepulcral. Alrededor de la mesa, todos se quedaron quietos como estatuas.

El rey Arturo estaba tieso en el lugar, con gesto de furia. La reina Ginebra se había quedado rígida, con gesto de preocupación. Los caballeros parecían feroces figuras de hielo.

Y Morgana le Fay parecía una estatua de yeso, pero con expresión amigable. Tenía la boca abierta como si quisiese llamar a Annie y a Jack. Pero no podía emitir ningún sonido.

CAPÍTULO CINCO

Las rimas del Caballero de Navidad

—¿Morgana? —llamó Annie.

Annie corrió hacia la mesa. Le tocó la mejilla a la hechicera y rápidamente retiró la mano.

—¡Está muy fría! ¡Parece congelada! —agregó. Y se le llenaron los ojos de lágrimas.

Enfurecida, miró al Caballero de Navidad y le preguntó:

—¿Qué le hiciste a Morgana? ¡Quiero que vuelva a ser como antes!

—No temas —dijo el Caballero de Navidad, con voz más suave y amable—. Morgana volverá a ser la misma cuando tú regreses de la misión.

—¿En-en qué consiste nuestra misión, exactamente? —preguntó Jack.

—Deberán viajar al Otro Mundo —respondió el Caballero de Navidad—. Allí encontrarán un caldero. En su interior, hallarán el Agua de la Memoria y la Imaginación. Deben llenar una copa con el agua y traerla a Camelot. Si fallan, este reino nunca volverá a la vida. Jamás.

—¿Cómo haremos todo eso? —preguntó Annie, secándose las lágrimas.

—Tendrán que memorizar tres rimas —agregó el Caballero de Navidad.

—Espera, déjame que las anote —dijo Jack.

Cuando sacó el lápiz y el cuaderno, le temblaban las manos. Luego, miró al Caballero de Navidad.

—Bueno, ya estoy listo —agregó Jack. Se sentía importante empuñando el lápiz.

La voz del caballero comenzó resonar en el interior de su yelmo.

"Pasando el portal de hierro,
esperan los Guardianes del Caldero".

Jack anotó las palabras del caballero.

—Muy bien, ¿qué sigue ahora?—preguntó.

El Caballero de Navidad continuó:

Cuatro obsequios necesitarán,
el primero, de mí lo obtendrán.
Luego, una copa, una brújula
y, por último, una llave".

—Copa, brújula y llave... —dijo Jack.

La voz del Caballero de Navidad resonó otra vez:

"Si sobreviven en la misión, cueste o no cueste,
encontrarán la puerta secreta por el oeste.

Jack copió la última rima y se preguntó:

—¿Eso es todo?

Sin decir una palabra, el caballero se quitó la capa roja y la dejó caer en el suelo a los pies de Annie y Jack.

El Caballero de Navidad sacudió las riendas de su caballo y, al galope, salió del gran salón.

CAPÍTULO SEIS

El cometa blanco

Cuando el caballero se marchó, la luz de las velas y las antorchas del gran salón se debilitó. Un frío penetrante invadió el lugar.

—¿Qué significan estas rimas? —preguntó Jack, mirando su cuaderno—. ¿Quiénes son los Guardianes del Caldero? ¿Dónde está la puerta secreta?

—No lo sé —contestó Annie—. Sólo sé que debemos salvar a Morgana.

Y levantó la enorme y pesada capa roja.

—Ya tenemos el primer obsequio —dijo—. En marcha...

—Espera... tendríamos que descifrar algo primero —agregó Jack.

—No, tenemos que irnos ahora —insistió Annie, y se dirigió a la salida del salón.

Jack echó otra mirada a la Mesa Redonda, al rey y a la reina, a los caballeros y a Morgana le Fay. Todos estaban estáticos, congelados.

Adoraba a la hechicera. Ella era su gran amiga y maestra. Si él y Annie se arrepentían de ir a la misión, las historias de Morgana, Camelot y de la casa del árbol se perderían para siempre.

Jack respiró hondo. Guardó el cuaderno en la mochila y caminó hacia el enorme arco de la salida.

—¿Annie? —dijo.

Su hermana ya no estaba.

—Aquí... Estoy esperando... —contestó ella, con voz serena, parada al final del pasaje de piedra, espiando hacia afuera.

—¿Cómo haremos para llegar al Otro Mundo? —preguntó.

—Tal vez la casa del árbol pueda llevarnos hasta allí —contestó Jack—. Vamos…

Atravesaron veloces el patio del castillo y el puente colgante. Luego, corrieron por el pasto congelado hacia la arboleda, alumbrada por la luna.

Annie agarró la capa roja y subió por la escalera colgante. Jack subió detrás de ella. Entraron en la casa del árbol y se sentaron en el piso.

Annie levantó la Invitación Real.

—Cierra los ojos. Pediré el deseo —le dijo a su hermano.

Jack, temblando de frío, obedeció a su hermana.

—Deseo que viajemos al Otro Mundo —proclamó Annie.

El viento sacudió las ramas desnudas.

—¡Creo que está funcionando! —susurró Annie.

De pronto, el viento dejó de soplar.

Jack abrió los ojos. De inmediato, él y su hermana se asomaron a la ventana. El sombrío castillo, recortado contra el cielo, aún seguía allí. Todavía estaban en Camelot.

—N-no funcionó —dijo Jack, con desilusión.

—¡Sí! ¡Funcionó! —susurró Annie—. Mira hacia abajo.

Debajo de la casa del árbol había un ciervo enorme. Jack nunca había visto uno igual. El animal tenía los ojos color ámbar fijos sobre Annie y Jack. Bajo la helada luz de la luna, las astas del inmenso ejemplar parecían brillar.

Lo más asombroso era el pelaje, completamente blanco, como la nieve.

—¡Un ciervo blanco! —exclamó Jack.

El animal, dejando salir aire helado por la nariz, dio un paso adelante y empezó a sacudir la cabeza.

—Vino a llevarnos a la misión —dijo Annie.

—La gente no monta ciervos —agregó Jack.

Pero su hermana ya iba bajando por la escalera colgante. Jack se quedó mirándola desde la ventana, mientras ella se acercaba al ciervo para hablarle. Éste se agachó y Annie se sentó sobre el lomo. —¡Ven, Jack! ¡Trae la capa!

—De acuerdo, ya voy —respondió él, agarrando la pesada capa de terciopelo. La apretó contra su pecho y bajó por la escalera. Enseguida se reunió con su hermana y con el ciervo blanco.

—Ponte la capa y siéntate detrás de mí —dijo Annie.

Sin sacarse la mochila, Jack se puso la capa por encima de los hombros y se la abotonó al cuello. Ésta era tan suave y delicada, que Jack se sintió abrigado y seguro.

—¿Estás listo? —preguntó Annie.

—Sí —contestó Jack. Trepó al lomo del ciervo y se sentó detrás de su hermana.

Muy despacio, el ciervo blanco se puso de pie. Annie se inclinó hacia adelante y se agarró del cuello del animal. Jack se agarró de su hermana. La capa de terciopelo rojo alcanzaba para cubrirlos a los dos.

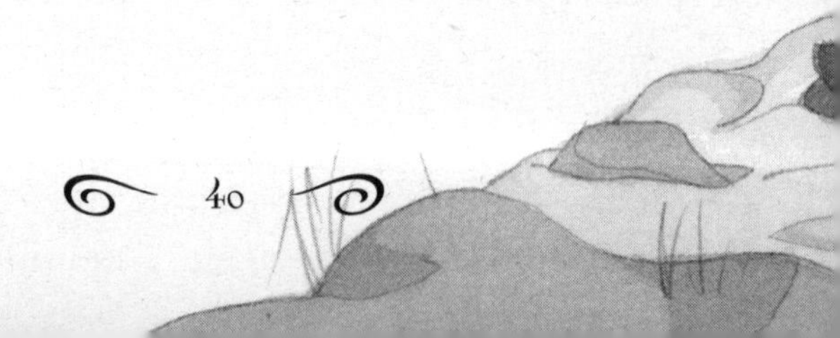

El enorme ciervo blanco inició su andar por el pasto congelado. Atravesó la puerta exterior del castillo. Resopló, echando una nubecilla de aire helado y se alejó con saltos elegantes.

Jack se agarró muy fuerte de su hermana mientras avanzaban por el campo cubierto de escarcha, saltando por encima de hileras de arbustos, piedras y arroyos congelados.

Las trenzas de Annie danzaban con el viento. La larga capa se hinchaba detrás de ella y su hermano. Jack estaba asombrado. Montar un ciervo no era tan difícil. Se sentía tranquilo y a salvo sobre aquel animal que surcaba el campo como un cometa blanco.

A su paso, el ciervo dejaba atrás rebaños de ovejas y cabras, dormidas sobre la pradera. También, chozas con techo de paja y establos silenciosos.

Así, corrió y corrió sin parar bajo la noche estrellada. A lo lejos, Jack divisó una cordillera coronada por grandes nubes. Ya cerca de las escarpadas montañas, Jack pensó que el ciervo se detendría. Estaba seguro de eso. Pero el animal galopó cuesta arriba sin siquiera detenerse.

De pronto, el ciervo hizo un alto en el saliente de un empinado peñasco. En medio de un remolino de niebla, se agachó para que los niños pudieran bajarse.

Luego se puso de pie y posó los ojos color ámbar sobre Annie y Jack.

—¡Muchas gracias! —dijo Annie—. ¿Ya tienes que irte?

El ciervo bajó la cabeza y volvió a levantarla. Echó aire helado por los agujeros nasales y, saltando delicadamente, se esfumó entre la neblina.

—¡Adiós! —agregó Annie, con melancolía. Por un momento, se quedó pensando.

—¿Qué haremos ahora? —le preguntó a su hermano.

—No lo sé —respondió Jack—. Leamos las tres rimas otra vez.

Buscó por debajo de la capa y sacó la mochila. Agarró el cuaderno y empezó a leer.

"Pasando el portón de hierro..."

—¡Mira! —interrumpió Annie.

Jack alzó la mirada. El viento había disipado un poco la neblina. Pasando el peñasco, había otra montaña. Y sobre una de sus laderas, se veía una enorme puerta. Una luz tenue brillaba entre los barrotes de hierro. Dos caballeros, vestidos con armaduras doradas, hacían guardia bajo la luz potente de unas antorchas.

—¡Oh, cielos! —susurró Jack.

—Es ése... ¡el portón de hierro! —afirmó Annie—. Si pasamos por esa puerta, estaremos en el ¡Otro Mundo!

CAPÍTULO SIETE

Un buen truco

El viento siguió disipando la neblina. De pronto, Annie y Jack vieron un puente hecho con gruesos tablones de madera, unidos con placas de hierro. Éste se extendía desde el borde del peñasco hasta el portón de hierro.

—¡Rápido, tenemos que cruzar! —dijo Annie.

—¡Espera! —agregó Jack—. ¿Cómo haremos con los guardias?

Dentro de sus armaduras doradas, los dos guardias vigilaban de pie, inmóviles. Sus lanzas resplandecían con la luz de las antorchas.

—No sé —contestó Annie—. Lee la segunda rima.

Jack abrió el cuaderno y leyó en voz alta:

"Cuatro obsequios recibirán,
el primero, de mí lo obtendrán.
Luego, una copa, una brújula
y, por último, una llave.

—El primer obsequio es la capa del Caballero de Navidad —dijo Annie.

—Sí, seguro que nos servirá para algo —comentó Jack.

Se desabotonó la capa del cuello y se quedó observándola.

—Tal vez nos ayude a hacernos invisibles —dijo Annie.

—Eso es una locura —contestó Jack.

—Hablo en serio —insistió Annie—. A veces las capas hacen eso en los cuentos.

—Bueno, a *mí* no me hizo invisible... ¿o sí? —preguntó Jack.

—¿Y si la tenías mal puesta? —preguntó Annie—. ¡Dámela!

—¡Uf! —refunfuñó Jack. Y le dio la capa a su hermana. La pesada tela roja se agitaba con el viento, mientras Annie se la ponía sobre los hombros.

—¿Puedes verme, Jack? —preguntó.

—Sí, Annie... —contestó él, invocando paciencia—. Todavía estás aquí.

Jack volvió a mirar el portón. "*¿Y después de pasar más allá de los guardias...?*", pensó. "*El Otro Mundo se tragó a los mejores caballeros de Camelot. El Rey Arturo dijo que allí había monstruos y hechicería*".

—¡Mírame, Jack!

Él se dio vuelta... Su hermana ya no estaba.

—¿Dónde estás? —preguntó Jack, con los ojos escudriñando en la oscuridad.

—¡Genial! ¡Funcionó!

—¿Dónde estás? —volvió a preguntó Jack, mirando en todas direcciones.

—Aquí.

Jack sintió que le tocaban la cara.

—¡Ahh! —exclamó, retrocediendo de un salto.

—¡Soy yo! ¡Soy invisible! Me puse la capucha. Ése es el truco.

A Jack le corrió un escalofrío por la espalda.

—¡Cielos! —susurró.

—Mira, me voy a quitar la capucha.

Annie apareció en un abrir y cerrar de ojos.

—Es espantoso ser invisible —comentó.

Jack había quedado mudo.

—La magia sólo funciona si te pones la capucha —dijo Annie—. Buen truco, ¿no?

—¡Ajá! —exclamó Jack—. Esto es demasiado extraño —agregó, sacudiendo la cabeza.

Ahora podremos pasar por delante de los guardias. ¡Es fantástico! —dijo Annie—. Y también podremos protegernos en el Otro Mundo. No sabemos qué vamos a encontrarnos allí. ¿Entiendes?

—Sí, de acuerdo —contestó Jack—. Está bien.

—Bien —agregó Annie—. Ahora, párate a mi lado y no te muevas.

Jack guardó el cuaderno. Annie cubrió los hombros y la mochila de su hermano con la capa.

—Perfecto —dijo Annie. Cuidadosamente, estiró los pliegues alrededor de ella y de Jack. Luego, extendió la capucha por encima de ambos.

Jack miró hacia abajo. ¡No veía su cuerpo! Sentía que no podía respirar. Lleno de pánico, se quitó la capucha.

—¡Odio esto! —dijo.

—Te dije que es espantoso —explicó Annie—. Pero si no la usamos, no podremos pasar por donde están los guardias.

—Sí, lo sé. Y tampoco estaremos protegidos en el Otro Mundo —agregó Jack, y respiró hondo—. Está bien, hagámoslo.

Annie volvió a colocar la capucha encima de los dos.

—Voy a sostener la capucha para que no se vuele —dijo—. Tú sólo concéntrate en cruzar ese puente. Eso es todo.

—Pero no veo mis pies —dijo Jack.

—¡No es necesario que te veas los pies para caminar! —dijo Annie—. Vamos, ¡hazlo por Morgana!

—Tienes razón —contestó Jack.

Él y su hermana subieron al puente.

—Acuérdate de que por nada del mundo debes mirar para abajo —dijo Annie.

Mientras avanzaban, el viento silbaba sin parar. Jack no pudo soportarlo y miró hacia abajo.

El viento y la niebla movían el puente de un lado al otro. Jack se sintió débil y mareado. Empezó a faltarle el aire y tuvo que parar.

—No te detengas —susurró Annie.

Jack respiró hondo y miró hacia adelante. Luego, empezó a caminar lentamente hacia la pálida luz, pasando los barrotes de hierro del portón.

Debajo de las antorchas titilantes, los guardias parecían dos gigantes. Cuando Annie y su hermano, invisibles, pasaron por allí, Jack respiró hondo.

"*¿Cómo haremos para abrir el portón?*", pensó.

—*¡FFFSSSSHHHHHH!* —exclamó Annie.

A Jack casi le da un ataque. ¿Qué le pasaba a su hermana? ¿Se había vuelto loca?

—¿Qué haces? —susurró.

—¡Soy el viento! —respondió Annie, con un susurro—. *¡FFFSSSSHHHHH!*.

Y le dio un empujón al portón. Éste se abrió como si el viento lo hubiera hecho.

Jack se dio vuelta. Los guardias estaban mirando en dirección a él y a Annie.

—¡Rápido! —susurró Annie.

En silencio, ella y Jack atravesaron la entrada.

—*¡FFFSSSSHHHHH!* —exclamó Annie.

Luego, el portón se cerró con un "*clack*". Jack miró por los barrotes. Los guardias habían volteado la vista hacia el puente.

—Buen trabajo —le dijo a Annie.

—Gracias —contestó ella.

Y se voltearon a mirar el lugar.

—*¡Ohh!* —susurró Annie.

—*El Otro Mundo* —susurró Jack.

Capítulo Ocho

El Otro Mundo

El Otro Mundo era completamente diferente al oscuro y frío mundo que Annie y Jack acababan de dejar atrás.

Estaban parados en el límite de una pradera. El sol, con una cálida luz rosada, bañaba el pasto de color verde claro. Tres caballos pastaban cerca de allí. Uno era de color negro, otro marrón. El tercero era gris. Pasando la pradera, sobre la ladera de una colina, flores rojas y moradas resplandecían como piedras preciosas.

—Qué *bonito* es este lugar —dijo Annie.

—Sí —agregó Jack—. Creo que ya no necesitaremos *esto* —dijo, sacándose la capucha. Sintió alivio de ver a su hermana otra vez. ¡Y de verse a sí mismo, también!

—¿Cuál era la primera rima? —preguntó Annie.

Jack sacó el cuaderno y leyó en voz alta:

"Pasando el portón de hierro,

esperan los Guardianes del Caldero"

Miró a su alrededor cuidadosamente. —¿Dónde estarán los Guardianes del Caldero? —preguntó.

—¿Qué quieres decir? —preguntó Annie—. Acabamos de pasar junto a ellos. ¿Ya lo olvidaste? ¡FFFSSSSHHHH!

—No lo sé —contestó Jack—. La rima dice "*pasando* el portón de hierro". Los guardias estaban parados *en frente de* la entrada. No, *pasándola*...

—Shhh —exclamó Annie—. ¿Oyes algo?

Desde el otro lado de la colina llegaba una música dulce y alegre.

—¿Serán los Guardianes del Caldero los que tocan esa música? —preguntó Annie.

—Tal vez... —respondió Jack. Y se quedó escuchando con una sonrisa en los labios. La música lo hacía sentir feliz y relajado.

—¡Vayamos a conocer a los Guardianes! —dijo Annie.

—No tan rápido —agregó Jack—. Primero tendríamos que hacernos invisibles. ¿No te parece? Por si acaso...

—Creo que sí —contestó Annie con un suspiro.

Jack extendió la capucha por encima de él y de su hermana. Se volvieron invisibles y empezaron a caminar por la suave pradera. Pasaron junto a los tres caballos y subieron por la colina cubierta de flores. Cuando llegaron a la cima, miraron hacia abajo.

—¡Cielos! —exclamó Jack.

La pendiente de la colina daba al claro de un bosque. En medio del claro, había un grupo de músicos. Unos tocaban la flauta, otros la gaita y otros hacían percusión. Alrededor de ellos, cientos de bailarines danzaban en una enorme ronda.

—¡Los Guardianes del Caldero! —dijo Annie.

Todos se veían felices riendo a carcajadas. Llevaban chaquetas de color azul y verde, y vestidos blancos y amarillos. En los pies, tenían sandalias de color rojo brillante. Algunos lucían sombreros con plumas de colores.

Los bailarines parecían gente normal, excepto por la brillante piel dorada y las alas plateadas, que titilaban en la neblina.

—¡Qué bonitos son! —dijo Annie.

—Sí, lo son —afirmó Jack.

—Creo que no es necesario que nos hagamos invisibles con ellos —comentó Annie.

Se quitaron la capa. La pusieron sobre el pasto cubierto de rocío y descendieron por la ladera de la colina, en busca de los danzarines alados. Pero ellos no les prestaron atención. Siguieron adelante con su alegre baile circular.

—¡Quiero bailar con ellos! —dijo Annie.

—¡Yo también! —agregó Jack. Esto era extraño porque, por lo general, era tímido para bailar. Pero estaba impaciente por unirse a la danza.

Se sacó la mochila de la espalda y, cuando la puso sobre el pasto, vio tres espadas tiradas.

Sin embargo, ni siquiera se preguntó de quiénes eran. La música lo llamaba.

Los danzarines abrieron la ronda, en señal de bienvenida. Annie le agarró la mano derecha a su hermano. Y Jack le agarró la delicada mano dorada a la bailarina que estaba a su izquierda.

Ella miró a Jack con una sonrisa. Igual que los demás, era alta como un adulto. Pero, extrañamente, no tenía líneas ni arrugas en la cara. Todos los bailarines eran muy jóvenes pero, a su vez, parecían de otra época.

Jack empezó a sentir los fuertes latidos de su corazón. Su espíritu se había elevado. Los lentes se le cayeron pero no le importó. Siguió bailando. De pronto, su mente se llenó de confusión. Se olvidó de Morgana, de Camelot y de la misión para buscar el Agua de la Memoria y la Imaginación. Y también se olvidó de sus miedos y preocupaciones.

—¡Jack, mira! —gritó Annie.

—¡Holaaa! —contestó Jack, sonriente.

—¡No! ¡No me mires a mí! —dijo Annie—. ¡Mira en frente de ti!

—¡No puedo ver! —respondió Jack.

—¡Tres caballeros! —gritó Annie—. ¡Hay tres caballeros bailando!

—¡Genial! —exclamó Jack.

—¡No, Jack! ¡Se ven horribles! ¡Parecen enfermos! —gritó Annie.

Se soltó de la ronda y cayó sobre el pasto.

—¡Jack! ¡Deja de bailar! —insistió a gritos.

Pero él no quería detenerse. Quería bailar sin parar al compás de aquella música salvaje. Para siempre, hasta el fin de los tiempos.

CAPÍTULO NUEVE

Los caballeros perdidos

Annie persiguió a Jack por fuera de la ronda.

—¡Jack, detente! —gritó—. ¡Basta! —Y agarró a su hermano de la camiseta, tratando de sacarlo de la danza.

—¡Suéltame! ¡Déjame en paz! —dijo Jack.

Pero Annie siguió insistiendo. Hasta que, finalmente, tiró tan fuerte del brazo de su hermano, que él se soltó de los bailarines y cayó sobre el pasto.

Los danzarines alados parecieron no darse cuenta. Se agarraron de las manos y continuaron bailando y bailando.

—¿Por qué hiciste eso? —preguntó Jack, poniéndose de pie—. ¡Estaba divirtiéndome!

—¡Mira a los caballeros! —dijo Annie—. ¿Los ves?

Jack aún no podía ver. Todo daba vueltas delante de él. Se moría por unirse a la danza.

—¡Encontré tus lentes! ¡Póntelos! —dijo Annie.

Jack se puso los lentes y fue acercándose a los bailarines. De pronto, los rayos del sol brillaron sobre unas vestimentas muy especiales. Tres caballeros, enfundados en sus armaduras, bailaban en la ronda. Dos de ellos se veían muy jóvenes. El tercero parecía bastante mayor.

Más de cerca, Jack los pudo ver mejor. Sintió que la mágica alegría de aquella música desaparecía. Los caballeros parecían cansados y enfermos. Tenían el rostro muy pálido y huesudo. La barba y el cabello, largos y sucios. Una mirada salvaje empañaba sus ojos. Tenían los labios petrificados con una sonrisa fantasmal.

—¿Qué les pasa? —preguntó Jack.

—¡No pueden dejar de bailar! —respondió Annie—. ¡Esta danza los está matando!

—Deben de ser los caballeros perdidos de Camelot —comentó Jack.

—¡Tenemos que salvarlos! —dijo Annie.

—Sí —afirmó Jack. Y trató de aclarar su mente para pensar un poco—. Entremos en la ronda y bailemos entre los caballeros y los otros bailarines. ¿Qué te parece?

—¡Sí! ¡Y después sacamos a los caballeros de la ronda! —propuso Annie.

—Espera… —interrumpió Jack—. ¿Y si no podemos parar de bailar?

—No te dejes atrapar por la música —dijo Annie—. Concéntrate en otra cosa. Piensa en nuestra misión, en Morgana.

—Está bien, lo intentaré —respondió Jack.

Ambos se agacharon sobre el pasto. Allí, se

quedaron vigilando la ronda, hasta que los caballeros fueron acercándose más... y... más.

—¡Ahora! —gritó Annie.

Los dos se abalanzaron sobre la ronda y se agarraron de las manos de los caballeros. Cuando Jack empezó a bailar, sus pies parecían volar al son del tambor. Sintió una ola de euforia que invadía su espíritu. Sus preocupaciones habían desaparecido.

—¡Ahora, Jack! —gritó Annie—. ¡Tira con fuerza de sus manos!

Pero Jack no quería escuchar a su hermana. La música había tomado su cuerpo. Ya no le importaba nada. Sólo deseaba bailar.

—¡Jack! AHORA! —volvió a gritar Annie.

Jack sacudió la cabeza, tratando de ignorar la voz de su hermana.

—¡Morgana! ¡Morganaaa! —volvió a gritar Annie con más fuerza.

El nombre de la hechicera hizo que Jack trastabillara.

—¡Morganaaaa! —gritó Annie, una vez más.

Jack volvió a trastabillar. Entonces, concentró toda su fuerza en dejar de bailar. Soltó la mano de la bailarina que estaba a su derecha y saltó fuera de la ronda, arrastrando con él al caballero de la izquierda.

Annie y los otros dos caballeros también cayeron sobre el pasto.

Una vez más, los bailarines no notaron lo que había pasado. Se agarraron de las manos y siguieron girando y girando, danzando alegres, en su ronda sin tiempo.

CAPÍTULO DIEZ

Los obsequios de los caballeros

Los tres caballeros seguían sobre el pasto, tratando de recuperar el aire.

—La danza… Tenemos que detenernos… Basta ya… —exclamó el caballero que parecía de más edad, ya casi sin aliento.

—¡*Ya* se detuvo! ¡Nosotros los sacamos de allí! —dijo Annie.

El caballero alzó la mirada y observó a los dos niños. Tenía la piel áspera y arrugada.

—¿Quiénes...? ¿Quiénes son ustedes? —preguntó con voz ronca.

—¡Sus amigos! —gritó Annie—. ¡Hemos venido del castillo del rey Arturo!

—Vinimos en una misión para buscar el Agua de la Memoria y la Imaginación —explicó Jack.

—¡Para salvar el reino de Camelot! —agregó Annie.

—Camelot... —susurró el caballero—. Nosotros hemos venido de allí... Pero no me acuerdo de ustedes.

—Sólo vinimos de visita —dijo Annie—. Pero sabemos todo acerca de ustedes. Su nombre es Sir Lancelot, ¿verdad?

—Sí —respondió el caballero, esforzándose por respirar.

—Y ellos son Percival y Galahad —agregó Jack.

—El rey Arturo cree que ustedes se han perdido, que jamás volverán —dijo Annie.

Sir Lancelot cerró los ojos.

—La danza... Por eso nos hemos olvidado de todo —comentó.

—Lo sé —agregó Jack—. Los bailarines deben de ser los Guardianes del Caldero. Es imposible pasar por allí sin quedar atrapado en la danza.

—Padre, debemos encontrar el agua... —Sir Galahad trató de levantarse pero estaba mareado. Se quedó acostado sobre el pasto.

—No se preocupen, nosotros ya estamos aquí —dijo Annie—. Ustedes deben descansar.

Sir Galahad cerró los ojos.

—Sí, quédense tranquilos —agregó Jack—. Mi hermana y yo encontraremos el agua mágica.

—Pero…, ustedes son niños —comentó Sir Percival, el tercer caballero—. No pueden ir solos. Deben esperarnos a nosotros.

—No hay tiempo que perder —dijo Jack.

—¡Camelot está muriendo! —agregó Annie—. ¡Tenemos que apurarnos!

—Entonces, deberán llevar esto… —dijo Sir Galahad, buscando algo dentro de la bolsa de cuero que llevaba colgada del hombro. Sacó una copa de plata. Y, con la mano temblorosa, se la entregó a Annie.

—¡Una copa! —exclamó Annie.

—Y también, lleven esto... —agregó Sir Percival—. Sacó una pequeña caja de madera de una bolsa que le colgaba del cinto y se la entregó a Jack.

Cuando él levantó la tapa, en el medio de la caja vio una aguja con marcas alrededor.

—¡Una brújula! —dijo Jack.

—Y esto... —agregó Sir Lancelot, quitándose el cordón de seda que le colgaba del cuello. Una llave de cristal colgaba del cordón.

—¡Una llave! —susurró Annie.

Lancelot le dio la llave de cristal a Annie. Ella y Jack la observaron cuidadosamente. Luego, Annie se la colgó del cuello. Cuando se dio vuelta, los tres caballeros se habían quedado dormidos.

—Dulces sueños —murmuró—. Ustedes necesitan una siesta muy larga.

Annie y Jack se pusieron de pie.

—Creo que ya tenemos todos los obsequios —dijo Jack—. Pero primero va a ser mejor que me asegure de algo.

Rápidamente, fue a buscar su mochila, que estaba sobre el pasto, cerca de las espadas de los caballeros. Sacó el cuaderno y leyó la segunda rima:

Cuatro obsequios necesitarán,
el primero, de mí lo obtendrán.
Luego, una copa, una brújula
y, por último, una llave.

—Genial —dijo Annie—. Tenemos la capa que nos dio el Caballero de Navidad y los otros tres obsequios de los otros caballeros. ¡Qué misión tan fácil!

Jack sacudió la cabeza.

—Aún falta mucho para terminar —dijo—. Tenemos que encontrar el caldero con el Agua de la Memoria y la Imaginación.

—Lo encontraremos —agregó Annie—. Ahora lee la tercera rima.

Jack sostuvo el cuaderno y leyó la rima en voz alta:

"Si sobreviven a la misión, cueste o no cueste, encontrarán la puerta secreta por el oeste".

—¡No hay problema! —comentó Annie—. Sobrevivimos a los guardianes y a la danza. Ahora la brújula nos llevará al oeste. Con la llave, abriremos la puerta secreta. Y llenaremos la copa con agua del caldero. ¿Lo ves? ¡Es así de fácil!

Jack seguía preocupado. *"Esto es demasiado fácil"*, pensó.

—¿Qué estamos esperando? —preguntó Annie—. ¡Ya vámonos!

Jack observó la brújula.

—Está bien —contestó—. La aguja está señalando el norte. Así que el oeste debe quedar para *allá*.

Jack señaló hacia la izquierda, en dirección a un grupo de arbustos y árboles pequeños.

—Genial —exclamó Annie—. Toma, lleva la copa en la mochila.

Jack guardó el cuaderno y la copa de plata. Y, luego, ambos se acercaron al matorral.

Allí tuvieron que agacharse por debajo de las ramas y apartar arbustos para avanzar.

Las espinas les raspaban las manos y las ramitas les pegaban en la cara.

Jack no despegaba la vista de la brújula. ¿Iban en la dirección correcta?, se preguntaba. ¿Qué clase de puerta encontrarían en un matorral tan enmarañado como ése?

—Qué tranquilidad hay ahora, ¿no es cierto? —dijo Annie.

En el matorral, fue creciendo un silencio escalofriante. No se escuchaban los pájaros. Tampoco, nada de música a la distancia.

Jack seguía observando la brújula.

—La brújula dice que vamos hacia el oeste —comentó—. Espero que esta cosa funcione.

—Claro que funciona —dijo Annie con voz suave—. Mira... —Corrió una rama frondosa y señaló en dirección a una ladera rocosa, pasando el matorral. A mitad de la ladera se veía un saliente.

Sobre éste, en medio de dos rocas gigantes, brillaba una puerta de vidrio.

CAPÍTULO ONCE

La cueva de cristal

—*¡La puerta secreta!* —susurró Jack.

—¡Sí! —afirmó Annie.

Jack tiró la brújula dentro de la mochila. Luego, él y Annie salieron corriendo del matorral y treparon por las rocas, hasta la puerta.

Annie agarró la llave de cristal de Sir Lancelot, que llevaba colgando del cuello. La puso en la cerradura y la giró con cuidado.

Clack.

—Bravo —exclamó Annie en voz baja, y abrió la puerta secreta.

Pasando la puerta, había una cueva enorme y brillante. El piso, las paredes y el techo eran de cristal transparente.

Annie y Jack decidieron avanzar. En el interior de la cueva, cientos de rayos de luz violeta danzaban de aquí para allá.

—¡Cómo brillan! —susurró Jack—. ¿De dónde viene esta luz?

—De allá —contestó Annie, señalando una grieta a un costado de la cueva—. Vayamos a ver qué hay.

Ambos se acercaron a la grieta y miraron. Del otro lado, había una habitación. A lo largo de las brillantes paredes de cristal, se veían cuatro entradas.

En una esquina lejana de la habitación había una fogata, que ardía despidiendo llamas saltarinas de color violeta. Sobre las llamas, colgaba un resplandeciente caldero dorado.

—Ahí está —susurró Jack.

—Uau —exclamó Annie en voz baja.

—El caldero con el Agua de la Memoria y la Imaginación —susurró Jack.

—Sí. Ya lo sé —agregó Annie—. Vamos...

Los dos atravesaron la angosta grieta poniéndose de costado y se acercaron al caldero.

Jack buscó dentro de su mochila y sacó la copa de plata de Sir Galahad.

—El caldero está demasiado alto —dijo Annie—. No podemos sacar el agua.

—Toma, agarra tú la copa —agregó Jack—. Y ahora, súbete a mi espalda.

Jack se agachó y Annie trepó a la espalda de su hermano. Jack se mantuvo erguido pero tembloroso.

—¡Apúrate! —dijo—. No eres una pluma.

—No puedo alcanzarlo —agregó Annie—. Acércate un poco más.

Jack avanzó, tambaleándose, unos pasos más. Annie se estiró, pasó la copa por encima del caldero burbujeante y la llenó de agua.

—¡Listo! —susurró—. Ahora bájame.

Annie sostuvo la copa con ambas manos. Lentamente, Jack dobló las rodillas y Annie se bajó con cuidado. Por un momento, se quedaron en silencio, contemplando el Agua de la Memoria y la Imaginación. Se veía clara y brillante.

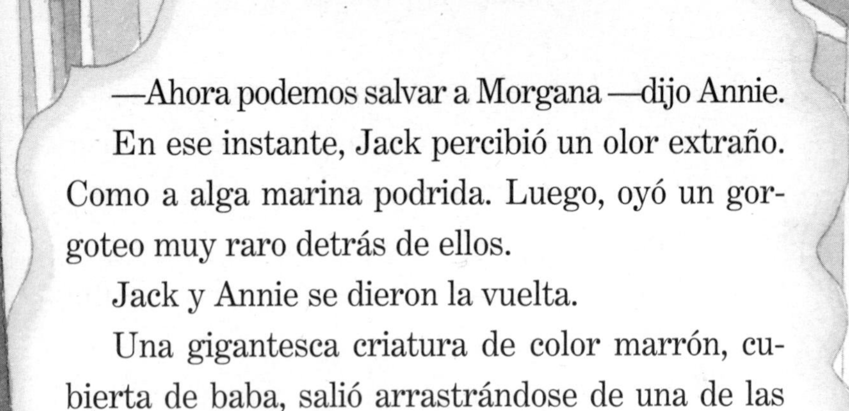

—Ahora podemos salvar a Morgana —dijo Annie.

En ese instante, Jack percibió un olor extraño. Como a alga marina podrida. Luego, oyó un gorgoteo muy raro detrás de ellos.

Jack y Annie se dieron la vuelta.

Una gigantesca criatura de color marrón, cubierta de baba, salió arrastrándose de una de las

puertas. El monstruoso ser era largo y escamoso como un cocodrilo, pero mucho, MUCHO, más grande. Tenía garras curvas y un par de alas que parecían tejidas con miles de telarañas. Los ojos

eran de color rojo fosforescente. La criatura abrió las enormes fauces. De los dientes filosos y puntiagudos chorreaban largos hilos de baba.

De pronto, el monstruo lanzó un bufido y echó una llamarada azul por la boca.

Otro monstruo apareció arrastrándose desde otra puerta, seguido rápidamente por un tercero. Y luego por otro más.

—¡Ufff! —exclamó Annie.

—Los *verdaderos* Guardianes del Caldero… —agregó Jack.

CAPÍTULO DOCE

Fuego contra fuego

Los *verdaderos* Guardianes del Caldero se arrastraron pesadamente hacia Annie y Jack, bramando y echando llamaradas azules por la boca.

—¿Y ahora qué hacemos? —preguntó Annie, en voz muy baja.

—No sé... —contestó Jack—. ¡Estamos atrapados!

—Tengo una idea —dijo Annie—. ¡Tomemos el agua!

—¡¿Qué?! —preguntó Jack.

—¿No es el Agua de la Memoria y la Imaginación? —preguntó Annie—. Si la tomamos, tal vez podamos *imaginar* cómo escapar.

—¡¿Estás loca?! —preguntó Jack, exaltado.

Los Guardianes seguían avanzando y lanzando más fuego azul, llenando el aire con su olor apestoso.

—Bueno, está bien, intentémoslo —agregó Jack.

Annie tomó un poco de agua y luego le pasó la copa de plata a su hermano. A Jack le temblaban las manos. Lentamente, bebió un sorbo. El agua tenía un sabor agridulce y, a la vez, picante.

Jack le devolvió la copa a su hermana.

—¡Ahora imaginemos que estamos a salvo! —dijo Annie.

Jack cerró los ojos, tratando de imaginar que estaba a salvo. De pronto, en su mente apareció la imagen de los cuatro Guardianes retrocediendo hacia las puertas.

—¡Muy bien! ¿Ya estás listo para pelear? —preguntó Annie.

Jack abrió los ojos.

—¿Pelear? ¿Con quién? —preguntó.

Annie dejó la copa en el suelo.

—¡Ahora! —exclamó.

De repente, Jack sintió como si un poderoso rayo lo atravesara. Sus miedos desaparecieron. Y su alma se llenó de fuerza y valentía.

Sin pensarlo, él y Annie se abalanzaron hacia la leña que ardía bajo el caldero. Agarraron dos ramas largas y firmes y las levantaron en el aire. Las ramas resplandecían, como temerarias espadas de luz violeta.

—¡GRRRRRR! —gritaron Annie y Jack, a la vez.

Los cuatro Guardianes bramaron con más fuerza que antes y empezaron a lanzar enormes bolas de fuego azul por la boca y los agujeros de la nariz.

Con sus armas ardientes, Annie y Jack arremetieron contra los monstruos. Pelearon fuego contra fuego, llama azul contra llama violeta.

—¡Atrás! ¡Atrás! —vociferaban.

La fuerza y furia de Jack crecía y crecía con cada golpe y grito que daba. Agitando las ramas encendidas, él y Annie hicieron retroceder a los Guardianes contra la pared.

Las llamas azules de las horribles criaturas fueron debilitándose más y más, como un tanque que se ha quedado sin gasolina. Finalmente, cada uno de los Guardianes, terminó esfumándose detrás de la puerta por la que había salido.

Para evitar que los monstruos regresaran, Annie y Jack dejaron ramas encendidas delante de cada una de las puertas.

Luego, ambos se sacudieron las manos.

—Ya vámonos —dijo Annie, despreocupada.

Jack asintió.

Cuidadosamente, Annie llenó la copa de plata con agua del caldero. Después, ella y Jack atravesaron la estrecha grieta y, a paso rápido, salieron de la cueva de cristal.

Afuera brillaba el sol.

La llave de cristal seguía en la cerradura.

Muy relajado, Jack cerró la puerta y le dio la llave a su hermana.

Luego, se le aflojaron las rodillas y se desplomó sobre el suelo.

Capítulo trece

Sus caballos los esperan

—No puedo creer lo que acaba de pasar —dijo Jack.

—¿Qué es lo que no puedes creer? —preguntó Annie con la copa de plata en la mano.

Jack se rió y sacudió la cabeza.

—No creo en *nada* de lo que pasó —agregó.

Annie también se echó a reír.

—¡¿Fue genial?! ¿No? —preguntó.

Jack se acomodó los lentes y se quedó mirando a su hermana.

—¿Pero qué pasó allí dentro? Te lo pregunto en serio —insistió Jack.

—Imaginé que luchábamos contra los Guardianes, con nuestras espadas en llamas —explicó Annie—. ¿Y tú? ¿Qué imaginaste?

Jack se encogió de hombros.

—Yo..., imaginé que los Guardianes escapaban por donde habían llegado —explicó Jack.

—Bien —dijo Annie—. A los dos se nos cumplió lo que pedimos.

—Sí —afirmó Jack, con una sonrisa—. Pero con lo que tú imaginaste, se creó una historia mucho mejor.

De pronto, en el interior de la cueva se oyó un alarido furioso.

—¡Uf! —exclamó Annie.

—¡Salgamos de aquí! —dijo Jack parándose de un salto.

Los dos descendieron por entre las rocas de la ladera, hacia el matorral. Annie se movía cuidadosamente, para no volcar el agua de la copa.

Al llegar al matorral, Jack sacó la brújula de Sir Percival.

—Si para llegar hasta acá, fuimos al oeste, para regresar, tendremos que ir hacia el este —explicó—. Vamos, es por *allá*...

Al internarse en el matorral, Jack se puso delante de su hermana para quitarle las ramas del camino.

Callados, avanzaron con paso firme por entre los árboles y los arbustos. Alejándose más y más de los Guardianes de la cueva.

Más adelante, oyeron una melodía que venía de lejos. Siguiendo el sonido de la música, encontraron de nuevo el claro del bosque.

Los bailarines alados todavía estaban allí, danzando en su ronda mágica. Jack sintió que el corazón se le salía del pecho. Tenía ganas de unirse a ellos pero sabía que si lo hacía, nunca escaparía de la danza

—¡Mira! —dijo Annie—. ¡Los caballeros se despertaron!

Sir Lancelot, Sir Galahad y Sir Percival

aguardaban, detrás de la ronda de bailarines. Los tres se sostenían apoyados en las espadas.

—¡Hola! —dijo Annie—. Adivinen qué pasó... ¡Lo conseguimos!

Los caballeros caminaron temblorosamente hacia Jack y Annie. Aún se los veía muy cansados pero, al menos, les había vuelto el color a la cara.

—Tenemos el Agua de la Memoria y la Imaginación —comentó Annie, alzando la copa de plata.

Los caballeros sonrieron.

—Ahora sólo nos queda llevarla a Camelot —agregó Jack.

—Nosotros queremos ayudarlos —dijo Sir Lancelot—. Pero parece que hemos perdido nuestros caballos.

—¡No, no es así! —contestó Annie—. ¡Sus caballos están esperándolos!

—Están al otro lado de la colina —explicó Jack.

Annie y Jack se pusieron delante de los caballeros, para guiarlos mientras subían por la colina. En el camino, Jack encontró la capa roja y la levantó del suelo. Al descender a la pradera, encontraron a los tres caballos.

Al ver a los caballeros, los caballos relincharon y galoparon hacia sus amos. Mientras Sir Lancelot acariciaba la larga melena del caballo negro, miró a los dos niños.

—Ustedes pueden regresar a Camelot conmigo —dijo.

—¡Muchas gracias! —contestaron ellos.

Jack se abotonó la capa al cuello y Sir Lancelot los ayudó a subirse a su caballo antes de subirse él.

Annie se sentó detrás de Sir Lancelot. Se agarró de él con la mano derecha. En la mano izquierda, llevaba la copa de plata.

—¿Podrás llevar el agua sin que se te derrame? —preguntó Jack, preocupado.

—Lo intentaré —contestó Annie.

Sir Galahad montó el caballo marrón y Sir Percival, el caballo gris. Después, los tres caballeros emprendieron el camino por la pradera.

—¡Ten cuidado! —le dijo Jack a su hermana.

—El agua no se ha derramado. No te preocupes —respondió Annie.

Al llegar a la puerta de hierro, los caballeros desenvainaron sus espadas.

—¡Abran la puerta! ¡En el nombre del rey Arturo de Camelot! —exclamó Sir Lancelot. Aunque todavía estaba ronco, habló con una fortaleza sorprendente.

La puerta de hierro se abrió lentamente. De inmediato, Sir Lancelot sacudió las riendas de su caballo.

Los guardias vigilaban en silencio mientras los caballeros pasaban a su lado para subir al puente.

Los tres caballos avanzaron en hilera sobre los tablones de madera. Una vez más, Jack quedó asombrado ante la diferencia de ese mundo y el Otro Mundo. Ya había oscurecido y estaba muy frío y nublado. El viento cortante sacudía la capa de aquí para allá.

Cuando los caballos bajaron del puente, empezaron a relinchar con fuerza.

—¡Ohhh! —exclamó Annie.

Sobre una roca, en medio de un remolino de niebla, estaba el ciervo blanco.

CAPÍTULO CATORCE

El regreso

Los tres caballeros, maravillados, se quedaron contemplando el ciervo.

—¡Vamos, toma esto! —le dijo Annie a Jack. Le dio la copa de plata. Se bajó del caballo de Sir Lancelot y corrió hacia el ciervo blanco.

—¡Gracias por venir a buscarnos! —gritó, abrazándose al cuello del animal.

Los tres caballeros miraron a Jack.

—Este ciervo blanco nos trajo hasta aquí —explicó él.

—¿Ustedes son magos? —preguntó Sir Percival, en voz baja.

—No, sólo somos dos niños. El mago es *él* —respondió Jack, señalando al ciervo—. Llegamos desde Camelot hasta aquí sin tardar un segundo. Creo que ha venido a llevarnos de regreso.

—Entonces deben ir con él —dijo Sir Lancelot—. Así tendrán un viaje mucho más rápido, se lo aseguro.

El caballero sostuvo la copa de plata mientras Jack se bajaba del caballo. Luego, Jack agarró la copa y, con mucho cuidado, subió al lomo del ciervo y se sentó detrás de Annie. Mientras el animal se ponía de pie, Jack sostuvo la copa con las dos manos.

—Díganle al rey Arturo que estaremos en Camelot, antes de que llegue el Año Nuevo —dijo Sir Lancelot.

—¡Adiós, Annie! ¡Adiós, Jack! —dijo Sir Galahad.

—¡Que tengan buena suerte! —agregó Sir Percival.

—¡Les deseo lo mismo a ustedes! —contestó Annie.

—¡Que tengan buen viaje! —agregó Jack.

Los caballeros hicieron una reverencia solemne.

El ciervo lanzó una bocanada de aire helado y empezó a bajar por la ladera de la montaña.

Al llegar al pie de la montaña, una vez más, partió veloz como un cometa blanco. La capa roja se agitaba detrás de Annie y de Jack, manteniéndolos abrigados y a salvo.

El ciervo avanzó como un rayo por los campos. Dejó atrás establos silenciosos, chozas con techo de paja y rebaños de ovejas y cabras dormidas sobre el pasto. Saltó sobre arroyos congelados, murallones de piedra e hileras de arbustos.

Bajo el cielo estrellado, el ciervo blanco avanzó hasta que llegaron a las tierras sombrías del castillo de Camelot.

El animal atravesó por el pasto congelado de las afueras del castillo y se detuvo cerca de la arboleda, debajo de la casa del árbol. Después, se sentó sobre el pasto para que Annie y Jack pudieran bajarse.

Milagrosamente, la copa de plata aún estaba llena de agua. No se había derramado ni una sola gota.

—Va a ser mejor que dejemos la capa aquí. Podría pisarla y caerme —comentó Jack.

Con cuidado, dejó la copa en el suelo. Annie lo ayudó a desabotonarse la capa roja de terciopelo. Luego, ella la acomodó sobre el lomo del ciervo blanco.

—Así estarás más abrigado y a salvo —le susurró Annie al animal—. Muchas gracias por todo.

—Sí, gracias —agregó Jack—. ¡Adiós!

Con ojos misteriosos, el ciervo contempló a los niños. Movió la cabeza, se voltéo y después desapareció en medio de la oscuridad.

Jack levantó la copa.

—¡Vamos! —le dijo a su hermana. Y empezó a caminar a paso rápido por las afueras del castillo.

—¡Cuidado! ¡Por favor! —exclamó Annie.

—No te preocupes. El agua sigue aquí —contestó Jack.

Juntos, cruzaron el puente levadizo hacia el

interior del castillo y abrieron las enormes puertas del salón.

El gran salón estaba como Annie y Jack lo habían dejado. A media luz y frío como el hielo. El rey Arturo, la reina Ginebra, los Caballeros de la

Mesa Redonda y Morgana le Fay aún seguían quietos como estatuas.

—¿Y ahora qué hacemos? —preguntó Jack.

—Tratemos de tirarles una gota de agua a cada uno. ¡Primero a Morgana! —sugirió Annie.

—Bueno —respondió Jack.

Casi sin respirar y sin quitar los ojos de la copa, Jack caminó con cuidado hacia la Mesa Redonda. Pero, de repente, se pisó el cordón del zapato y tropezó.

—¡Cuidado! —gritó Annie.

Jack intentó recuperar el equilibrio pero… ¡fue inútil! Cuando se cayó al piso, la copa se le resbaló de las manos.

CAPÍTULO QUINCE

Magia navideña

Jack y Annie se quedaron mirando horrorizados cómo el agua de la copa se esparcía por el piso, colándose por entre las grietas de las piedras hasta desaparecer.

Jack se abalanzó sobre la copa. Pero, al levantarla, notó que ya no quedaba una sola gota de agua.

—¡Oh, no! —gritó, con pesar. Y se quedó sentado en el suelo, con la cabeza entre las rodillas. *"Camelot jamás despertará"*, pensó. *"La leyenda se perderá para siempre"*.

—¡Jack! —dijo Annie—. ¡Mira!

Jack levantó la cabeza y se acomodó los lentes. Una nube dorada había empezado a elevarse desde las grietas de las piedras.

Rápidamente, ésta se expandió por el gran salón, llenando el ambiente con aromas exquisitos; olor a cedro, rosas y almendras.

La nube continuó subiendo más y más, hasta atravesar las ventanas más altas. De repente, como brillante rayo de luz, una paloma blanca cruzó volando el oscuro salón. Después, el ave volvió a internarse en el cielo nocturno.

Al final del salón, empezó a oírse una risa suave. Después, la risa se oyó con más y más fuerza. Jack vio que el rey Arturo y la reina Ginebra se miraban. ¡Estaban riendo! ¡Y los Caballeros de la Mesa Redonda también!

¡Y lo más maravilloso para Jack fue ver a Morgana sonriendo!

—¡Annie! ¡Jack! ¡Vengan aquí! —gritó la hechicera, estirando los brazos.

—¡Morgana! —gritó Annie. Y corrió hacia ella para abrazarla.

Jack se puso de pie. Aún con la copa vacía en la mano, corrió hacia Morgana y también le dio un abrazo.

—¡Hicimos lo que nos pidió el Caballero de Navidad! —explicó Annie—. ¡Trajimos el Agua de la Memoria y la Imaginación!

—Pero a mí se me cayó la copa —agregó Jack—. ¡Y el agua se derramó!

—Pero después el agua formó una nube dorada —dijo Annie—. ¡Y todo el mundo volvió a la vida!

Asombrada, Morgana se echó a reír.

—¿Acaban de regresar del Otro Mundo? —preguntó.

—¡Sí! —contestó Annie.

—¡Un ciervo blanco nos trajo de regreso! —comentó Jack. Y miró al rey Arturo.

—Su Majestad —dijo Jack—, tenemos buenas noticias. Sus caballeros están a salvo. Sir Lancelot me pidió que le dijera que los tres estarían en Camelot antes de que llegue el Año Nuevo.

El rey se mostró desconcertado.

—¿Los han encontrado? —preguntó.

—Sí, y están todos bien —dijo Annie.

—Tome —agregó Jack. Y le dio la copa de plata al rey—. Devuélvale esto a Sir Galahad.

—Y esto a Sir Lancelot —dijo Annie. Se quitó la llave de cristal del cuello y se la dio al rey Arturo.

—Oh, y esto a Sir Percival —continuó Jack. Sacó la brújula de madera de la mochila, y se la dio al rey.

Al principio, el rey Arturo se encontraba demasiado aturdido como para hablar. Después, empezó a aplaudir y a reír a carcajadas.

—¡Muchas gracias! —les dijo a Annie y a Jack.

Los Caballeros de la Mesa Redonda dieron vivas jubilosos.

—¡Qué suenen las campanas! —gritó el rey Arturo—. ¡Que toda la gente de Camelot venga al castillo!

—Ya están todos en la puerta, Su Majestad —dijo un paje.

—¡Que entren! —respondió el rey Arturo—. ¡Debemos compartir esta alegría!

La reina Ginebra, con una sonrisa, miró a Annie y a Jack. Los ojos le brillaban.

—Han salvado a Camelot una vez más —dijo—. ¡Muchas gracias!

—Por nada —contestaron los dos a la vez.

Entonces, Jack oyó risas de niños. Se dio la vuelta, y vio a un enorme grupo de gente entrando por la puerta del gran salón. Traían un abeto gigante, velas y ramas de pino y muérdago. Más atrás, los seguían varios músicos con instrumentos de cuerda.

Mientras la gente decoraba el salón, los músicos empezaron a tocar y a cantar villancicos.

—¡Jack! —dijo Annie—. ¡Mira!

Era el ciervo blanco. Estaba parado en la entrada del gran salón.

Entusiasmado, Jack miró a Morgana.

—¿Ves ese ciervo blanco? —le preguntó—. ¡Él nos llevó al Otro Mundo! ¿Lo ves?

Morgana sonrió.

—Sí, lo veo —respondió ella—. Y ahora comprendo *todo*.

Jack volvió a mirar hacia la entrada. El ciervo se había ido. En su lugar, había un anciano de

barba blanca y larga. En la mano tenía un báculo. Llevaba puesta una enorme capa roja, la misma que Annie y Jack habían usado en la misión.

—¿Quién es ése? —preguntó Jack.

—Es el mago Merlín —respondió Morgana—.

Él fue quien los invitó a venir aquí. Ahora lo comprendo.

—¿Merlín? —preguntó Jack—. *¿Él* nos envió la Invitación Real?

—Sí —contestó Morgana—. Después, nos hechizó a todos. Y los llevó a ustedes al Otro Mundo.

—No —dijo Annie—. El *Caballero de Navidad* los hechizó.

—Y el *ciervo blanco* nos llevó al Otro Mundo —agregó Jack.

Morgana sonrió.

—Merlín era el Caballero de Navidad y el ciervo blanco —dijo—. No olviden que él es un mago, no un mortal. Y puede cambiar de apariencia en el momento que lo desee.

—¡Uau! —exclamó Annie.

—¿Por qué Merlín hizo todo eso? —preguntó Jack.

—Él se enojó porque el rey Arturo había desterrado la magia del reino de Camelot —explicó

Morgana—. Ahora me doy cuenta de que Merlín decidió encargarse del asunto.

—¿Cómo? —preguntó Jack.

—Él se enteró de que el rey Arturo no enviaría más caballeros al Otro Mundo a buscar el Agua de la Memoria y la Imaginación—dijo Morgana—. Así que los trajo a ustedes a Camelot, con la esperanza de que se ofrecieran a ir.

—¿Por qué quería que fuéramos *nosotros*? —preguntó Annie.

—Merlín me ha escuchado varias veces hablar de las aventuras de Annie y Jack en la casa del árbol —comentó Morgana—. Él sabe que ustedes tienen un gran deseo de hacer el bien. Y que siempre hacen buen uso del don de la imaginación. Éstas son dos cualidades especiales, necesarias para tener éxito en *cualquier* misión.

Annie y Jack volvieron a mirar a Merlín. Desde el otro lado del salón, el mago de barba blanca sonrió mirando a los niños. Levantó el báculo y después se marchó.

Jack contempló el gran salón. Las velas y las antorchas estaban encendidas. La chimenea ardía con fuerza. Los músicos tocaban. Todos cantaban. El lugar resplandecía con la luz del fuego y los rostros felices.

Por fin, la Navidad en Camelot era tal como Jack la había imaginado. El hechizo del Mago Negro se había roto. El gran salón ahora rebosaba luz, amor, alegría y belleza.

CAPÍTULO DIECISÉIS

Bienvenidos a casa

—¡Jack, despierta! —dijo Annie.

Jack abrió los ojos.

Estaba acostado a oscuras, sobre el piso de madera de la casa del árbol. Por la ventana, se veía el cielo nublado sobre el bosque de Frog Creek.

—Es hora de irnos —agregó Annie.

—Oh, creo que me quedé dormido —comentó Jack—. Tuve un sueño increíble. Soñé que íbamos a Camelot. Era Navidad y el mago Merlín…

—No fue un sueño —dijo Annie—. Fue real. Te quedaste dormido sobre la Mesa Redonda durante la fiesta. El rey Arturo te llevó cargado hasta la casa del árbol. Y yo pedí el deseo de volver a casa.

Jack se incorporó.

—¿Hablas en serio? —susurró.

—Sí, muy en serio —confirmó Annie.

—¡Jaaack! ¡Aaannieee! —llamó la madre de ambos, desde lejos.

—¡Ya vamos! —gritó Annie, asomada a la ventana.

—Pero, ¿lo qué soñé pasó de *verdad*? —volvió a preguntar Jack.

—¡Sííí! ¡Completamente! —respondió Annie. Y alzó la Invitación Real—. Acá está la prueba.

—¡Ah… sí! —susurró Jack.

—Esta vez, la letra *M* fue por Merlín, no por Morgana —explicó Annie.

Jack sonrió.

—Gracias, Merlín —dijo bajito.

Jack agarró la mochila y bajó por la escalera colgante con su hermana. Mientras caminaban en el oscuro crepúsculo de diciembre, empezaron a caer copos de nieve.

Cuando ambos salieron del bosque para tomar la calle que los llevaba al hogar, la nieve caía intensamente. Más adelante, distinguieron su casa, iluminada por la lámpara de entrada. La madre esperaba a los niños en el porche.

—¡Hola, mamá! —dijo Annie.

—¡Hola, mamá! —agregó Jack.

—Hola, chicos. ¿Tuvieron un lindo día? —preguntó la madre.

—Sí —respondió Jack.

—Muy bonito —contestó Annie.

—¡Me alegro! ¡Bienvenidos! —dijo la madre. Abrió la puerta y entraron los tres en la casa.

Allí, el ambiente era cálido y agradable. De la cocina, venía un olor riquísimo. Annie y Jack se quitaron las chaquetas cubiertas de nieve y subieron por la escalera.

En el corredor, Annie miró a Jack.

—Feliz Navidad —le dijo.

—Feliz Navidad —le contestó él.

Luego, cada uno entró en su habitación.

Jack cerró la puerta y se sentó sobre la cama. Sacó el cuaderno de la mochila y, cuando lo abrió, se le cayó el alma al piso. Lo único que tenía escrito eran las tres rimas. No había anotado nada más durante todo el viaje. Ni una palabra.

Muerto de cansancio, se recostó un poco. Y cerró los ojos con fuerza, tratando de recordar las aventuras vividas en Camelot y el Otro Mundo.

De pronto, sintió el frío penetrante del gran salón, cuando Morgana había quedado congelada. Oyó la alegre música de los seres alados, que bailaban en ronda. Y sintió el gusto agridulce y picante del Agua de la Memoria y la Imaginación.

De golpe, Jack se incorporó en la cama. Ya no tenía nada de sueño. Dio vuelta a la página del cuaderno, agarró el lápiz y se puso a escribir…

Todo comenzó cuando vimos una paloma blanca, a la luz del crepúsculo

Con ayuda de la memoria y la imaginación, Jack continuó escribiendo. Ahora tenía una nueva misión: mantener viva la leyenda del rey Arturo, los Caballeros de la Mesa Redonda, el mago Merlín y Morgana le Fay.

Afuera, la nieve seguía cayendo con fuerza. Jack escribía y escribía. No se detuvo hasta terminar toda la historia. Su historia, la Navidad en Camelot de Annie y Jack.

Nota de la autora

Mucha gente cree que quien inspiró la leyenda del rey Arturo fue un líder militar que condujo el destino de Britania, así se llamaba entonces, hace 1500 años.

Las primeras historias imaginarias acerca de las aventuras de este rey, nacieron en Gales y en Irlanda. Estos cuentos son conocidos como mitos celtas. Lamentablemente, la mayoría de estos mitos se han perdido porque se han escrito sólo algunos. Muchos de los detalles acerca del reino de Arturo los he sacado de los pocos cuentos celtas que han sobrevivido a lo largo de los siglos.

La capa roja que volvía invisible a la gente era uno de los "Trece Tesoros de Britania". Estos se encontraban bajo el cuidado del mago Merlín, en una torre de cristal. Sin embargo, la magia de los tesoros no funcionaba con las personas que no fueran merecedoras de ella.

El ciervo blanco fue inspirado por una criatura sobrenatural celta que, a menudo, llevaba a la gente a un lugar oculto, llamado el "Otro Mundo".

La idea del Caldero de la Memoria y la Imaginación, surgió de un poema del siglo VI que contaba la historia del rey Arturo y sus caballeros en sus viajes a un mundo oculto, en busca de un caldero mágico de la poesía y la inspiración. Muchos caballeros jamás regresaron de esa misión tan peligrosa.

En el siglo XII, la reina Leonor de Aquitania pidió a los poetas y trovadores que inventaran más historias acerca del rey Arturo y los Caballeros de la Mesa Redonda, para inspirar a la gente de su reino. En los años siguientes, los contadores de cuentos de toda Europa fueron contando heroicas historias acerca del rey Arturo, el mago Merlín, Sir Lancelot, la reina Ginebra y Morgana le Fay. Los poetas franceses fueron quienes le dieron el nombre de Camelot a aquel reino imaginario.

Los contadores de cuentos de la Edad Media mezclaron elementos del cristianismo con los viejos mitos celtas. Es sus historias, los milagros y las maravillas siempre ocurrían durante las celebraciones cristianas. La Navidad en Camelot era una fiesta que todos celebraban con mucha alegría.

Mary Pope Osborne

Actividades divertidas para Annie, para Jack y para ti

¡Manualidades navideñas!

¿Te resulta difícil esperar a que llegue tu fiesta favorita? Seguro que sí. Muchas familias compran un calendario especial llamado calendario de Adviento, para poder contar los días que faltan para Navidad. Pero tú puedes hacer tu propio calendario de Adviento para celebrar esos días, mientras cuentas los días hasta el 25 de diciembre.

Si además eres una persona *súper* creativa, puedes hacer esta actividad para cualquier fiesta que te guste; Jánuca, Halloween o ¡tu cumpleaños! Piensa en las formas y colores que vayan mejor con cada celebración y... ¡deja que la imaginación haga el resto!

Calendario de Adviento

Materiales:

- Una cartulina verde grande
- 24 cuadrados pequeños de velcro
- Papel para manualidades
- Pegamento
- Plumas, marcadores o crayones
- Tijeras (con la supervisión de un adulto)

1. Dibuja un árbol de Navidad grande en la cartulina. Pídele a alguien mayor que te ayude a cortarlo siguiendo los trazos de tu dibujo. Asegúrate de que el árbol sea bien grande para que quepan todos los adornos que vayas a crear.
2. Separa los cuadrados de velcro. Tendrás 24 lados rugosos y 24 lados suaves.
3. Pega las 24 piezas del lado rugoso sobre el árbol. No olvides colocarlas separadas. Pon un cuadrado arriba de todo.

4. Usa el papel de manualidades para hacer tus 24 adornos. Puedes hacer círculos, como las bolas de Navidad que usan en muchas casas. También puedes hacer otras figuras más trabajadas, como campanas, corazones o formas de bastones de caramelo.
5. Con las plumas, marcadores o crayones, decora tus adornos pero deja un espacio sin tocar en el medio de cada uno. Necesitarás ese lugar para ponerle un número a cada adorno.
6. Con un marcador escribe un número sobre cada uno de tus adornos del 1 al 24. El de arriba llevará el número 1. Por lo general, es una estrella. Pero puedes elegir lo que tú quieras.
7. Pon pegamento en los cuadrados suaves y pégalos en la parte de atrás de los 24 adornos.
8. El 1º de diciembre empieza a colocar un adorno por día en tu árbol. El primero llevará el número 24. Esto indica que ¡faltan 24 días para Navidad! Un día antes de Navidad, coloca el adorno número 1 en la punta del árbol.
9. Después de la Navidad, puedes guardar tu calendario. El año próximo, quita los adornos y vuelve a usar tu calendario de Adviento.

A continuación un avance de

LA CASA DEL ÁRBOL® #30
MISIÓN MERLÍN

Un castillo embrujado en la noche de Halloween

Merlín envía a Jack y a Annie a su más escalofriante misión.

CAPÍTULO UNO

La víspera de Todos los Santos

—Tendría que disfrazarme de vampiro en vez de princesa —dijo Annie.

Ella y Jack estaban sentados en el porche de su casa. La brisa fresca hacía crujir las ramas de los árboles. Las hojas del otoño caían en remolino sobre el pasto.

—Pero tú ya tienes el vestido de princesa... —agregó Jack—. Además, ya te disfrazaste de vampiro para la última fiesta de Halloween.

—Ya sé, pero quiero usar mis colmillos otra vez —insistió Annie.

—Entonces, disfrázate de vampiro —propuso Jack. Y se puso de pie—. Voy a pintarme la máscara de demonio.

¡Craaa!

—¡Oh, cielos! —exclamó.

Un pájaro gigante se precipitó desde el cielo. El plumaje negro resplandecía con la luz del atardecer, mientras se pavoneaba sobre las hojas secas.

—Oh, ¿qué pájaro es ese? —preguntó Annie.

—Podría ser un cuervo —respondió Jack.

—¿Un *cuervo*? —dijo Annie—. ¡Genial!

El pájaro alzó la cabeza y clavó los brillantes ojos sobre los niños. Jack contuvo la respiración.

El ave avanzó a saltos. Batió las enormes alas y empezó a elevarse. Planeó por el cielo otoñal y se dirigió hacia el bosque de Frog Creek.

Annie se paró de un salto.

—¡Es una señal! ¡Morgana ha vuelto! —dijo.

—¡Creo que tienes razón! —agregó Jack—.

¡Vamos!

Atravesaron el jardín. Las hojas secas crujían bajo sus pies. Corriendo se internaron en el bosque de Frog Creek.

Debajo del roble más alto, se balanceaba la escalera colgante. La casa del árbol estaba esperándolos.

—Tal como lo habíamos pensado —comentó Annie sonriente.

Jack subió por la escalera, detrás de su hermana. Al entrar en la pequeña casa de madera, no encontraron rastros de Morgana le Fay, la hechicera del reino de Camelot.

—Esto es muy extraño —comentó Jack mirando a su alrededor.

El viento sopló con fuerza otra vez y sacudió las hojas del árbol. Una enorme hoja amarillenta entró por la ventana y cayó sobre los pies de Jack.

—¡Oh, cielos! —exclamó—. ¡Mira esto!

—¿Qué? —preguntó Annie.

Al levantar la hoja, Jack vio un mensaje escrito con letras de un estilo muy antiguo.

—¡Uau! —susurró Annie—. ¿Qué dice?

Jack leyó en voz alta:

—*¡M!* —dijo Annie—. Morgana nunca firma sus mensajes con una letra M…

—Cierto… —agregó Jack—. Pero…

—*¡Merlín,* sí! —dijeron los dos a la vez.

—Él hizo lo mismo cuando nos invitó a pasar la Navidad en Camelot —comentó Annie, señalando la Invitación Real que todavía estaba en una esquina de la casa del árbol.

—¡Ahora nos invita para Halloween! —dijo Jack—. El nombre antiguo de esta fiesta era "Víspera de Todos los Santos".

—Lo sé —afirmó Annie—. ¡Tenemos que ir!

—Por supuesto —afirmó Jack. Ninguno de los dos rechazaría la invitación del mejor mago de todos los tiempos—. Pero, ¿cómo haremos para llegar hasta allá, Annie?

—Seguro que la invitación nos llevará —comentó ella—. Como cuando fuimos al castillo del rey Arturo, en la víspera de Navidad.

—Buena idea —agregó Jack. Y señalando las letras antiguas, dijo:

—Queremos ir a....

—¡Al lugar de donde vino esta invitación! —dijo Annie con voz firme.

—¡Correcto! —afirmó Jack.

El viento comenzó a soplar.

La casa del árbol empezó a girar.

Más y más rápido cada vez.

Después, todo quedó en silencio.

Un silencio absoluto.

WILL OSBORNE

Mary Pope Osborne

Es autora de numerosas novelas, cuentos ilustrados, historias en serie y libros de no ficción. Su colección La casa del árbol ha sido traducida a muchos idiomas en todo el mundo. Estos libros, muy recomendados por padres, educadores, y niños, permiten a los lectores más jóvenes el acceso a otras culturas y distintos períodos de la historia, así como también el conocimiento del legado de cuentos y mitos antiguos. Mary Pope Osborne vive con su esposo, el escritor Will Osborne, en Connecticut. Los Osborne están muy entusiasmados con su último proyecto *Magic Tree House: The Musical*, una adaptación teatral de las aventuras de Annie y Jack.

Sal Murdocca es reconocido por su sorprendente trabajo en la colección La casa del árbol. Ha escrito e ilustrado más de doscientos libros para niños, entre ellos, *Dancing Granny,* de Elizabeth Winthrop, *Double Trouble in Walla Walla,* de Andrew Clements y *Big Numbers,* de Edward Packard. El señor Murdocca enseñó narrativa e ilustración en el Parsons School of Design, en Nueva York. Es el libretista de una ópera para niños y, recientemente, terminó su segundo cortometraje. Sal Murdocca es un ávido corredor, excursionista y ciclista. Ha recorrido Europa en bicicleta y ha expuesto pinturas de estos viajes en numerosas muestras unipersonales. Vive y trabaja con su esposa Nancy en New City, en Nueva York.

Annie y Jack entran en un castillo embrujado con túneles peligrosos y fantasmas. Necesitan armarse de mucho valor, sobre todo para enfrentar al temible Rey Cuervo.

LA CASA DEL ÁRBOL #30

MISIÓN MERLÍN

Un castillo embrujado en la noche de Halloween

El mago Merlín ha perdido su espada y les pide a Annie y a Jack que lo ayuden a rescatarla, enfrentándose a arañas y serpientes gigantes.

LA CASA DEL ÁRBOL #31
MISIÓN MERLÍN

El verano de la serpiente marina

Annie y Jack emprenden una nueva aventura en tierras frías y misteriosas, donde los espera el tenebroso Hechicero del Hielo para pedirles algo imposible.

LA CASA DEL ÁRBOL #32

MISIÓN MERLÍN

El invierno del Hechicero del Hielo